旷率
野彼

周良彪

著

长江出版传媒

长江文艺出版社

图书在版编目（CIP）数据

率彼旷野 / 周良彪著. -- 武汉 ： 长江文艺出版社，
2025.5. -- ISBN 978-7-5702-3953-5

Ⅰ．I227

中国国家版本馆 CIP 数据核字第 20251ZF517 号

率彼旷野

SHUAI BI KUANG YE

责任编辑：谈　骁　　　　　　　　责任校对：程华清

封面设计：祁泽娟　　　　　　　　责任印制：邱　莉　胡丽平

出版：长江出版传媒 | 长江文艺出版社

地址：武汉市雄楚大街 268 号　　　　邮编：430070

发行：长江文艺出版社

http://www.cjlap.com

印刷：湖北新华印务有限公司

开本：880 毫米×1110 毫米　　　1/32　　　印张：6.625

版次：2025 年 5 月第 1 版　　　　　　2025 年 5 月第 1 次印刷

行数：3960 行

定价：58.00 元

周良彪

曾用笔名公然、晓舟，生于20世纪60年代，湖北建始人，毕业于武汉大学中文系，恩施州文联原专职副主席。著有诗集《生活在一种意境里》、散文集《野阔月涌》、长篇报告文学《战贫志》（与人合著）等。曾获湖北省首届少数民族文学奖、湖北省第十一届屈原文艺奖。

旷野是诗歌的根

——周良彪诗集《率彼旷野》序

邱华栋

读了周良彪的最新诗集，作为他的武大中文系校友师兄弟，我明白他名之为"率彼旷野"的意思了。这是《诗经·小雅》里的句子，本是写征夫苦楚的，他们"非兕非虎，率彼旷野"，就是说既非野牛又非老虎，却常年在旷野里奔走。比况之下，诗人可不就是文学和诗歌之路上的"征夫"？自《诗经》算起，中国诗人在诗的征伐之路上，已经"狂奔"数千年了。这是何等壮观何等气壮山河的壮举啊！

良彪说，《率彼旷野》所收作品，是从他投笔诗歌创作30年来的作品中选出来的。我算了算，不对呀，他写诗的历史应该是将近40年呀。原来，30多年前，我们在武大读书的时候，他曾出版过一部诗集《生活在一种意境里》，收入那本诗集的作品，今次没有收录。一个人能坚持30年40年不间断地写诗，也算是真正意义上的诗歌"征夫"了！

正因如此，我对他这部诗集的阅读体验，就格外与众不同。记得他的同班同学，著名诗人、鲁迅文学奖获得者杨晓民先生曾以"我谛听着几重声音飞过"为题，评论过良彪的诗歌。他所说的"几重声音"，是指从良彪的诗歌里，听到了诗人灵魂深处发出的多重呼喊，侧重的是主题分析。现在呈现在我们面前的这部跨越 30 年历史的《率彼旷野》，就不仅仅是主题的多重叠加，更是题材的宽广和博大了。诗人早已跳出了当年的"小我"，进入到广阔的时代大潮中。是的，这部诗集最重要的特点，就是不仅紧贴着旷野和大自然，也紧贴着时代和民众。很多时候，我们会从其作品中感觉到，诗人的脉动，不仅牵动着人和人性，也牵动着大千世界。

从诗集的编排体系不难看出，自然万物在诗人心里占有多么重要的位置。虫鸟之鸣、草木之心、节候之风、胜景之影、岩石之表，7 个章节的诗集，聚焦大自然的竟占去 5 个，而剩余的两个章节（物我之应、天人之问），也内在地与"旷野"保持着紧密的联系。一个诗人写什么，即在题材的选择上，毫无疑问与其所处地理环境和生活密不可分。我知道，良彪的家乡素以"鄂西林海""世界硒都""华中药库"闻名，奇山异水举目皆是。浸润于此等"世外桃源"，诗人不可能无动于衷。关键是怎么写。人常说"人非草木，孰能无情"，良彪最大的优势在山在水在草木虫鸟，令人欣喜的是，他将这一环境优势变成了创作优势。

于是，良彪笔下的自然万物，已然是"天人合一"的有情世界，是对"人非草木"论的颠覆。当然，诗人笔下的"有情世界"，并非简单的与大自然惺惺相惜，而是人与自然和谐共生的生命共同体。同时，诗人在反思与批判人类违反"自然法则"的种种冲动时，也给予了深刻的诗性揭示。在诗人眼里，自然万物在某种形态下甚而比人类更具有"人性"。相仿，自然万物身上与生俱来的原始属性，在诗人笔下，也时常给读者以"惊恐"，仿佛窥见了万物之"恶"。当此，我们也可以理解为敬畏之心吧。

张执浩在评说良彪的"自然诗歌"时说（大意）：面对无始无终的大自然，诗人似乎自觉地选择了"倾听者"的角色。这句话我比较赞同，不仅因其准确，更重要的是，倾听是一种姿态，一种人与自然的深度沟通，也是一种敬畏。

《率彼旷野》的另一可贵之处是，我们从中感受到强烈的时代气息，而且是朝气，不是暮气。当然，人都有情绪低落的时候，诗人亦然，良彪亦然。不是他所有的作品里都是朝气，这是不符合辩证法的。我是说这部作品总体是充满朝气的。这朝气，也许与他近 20 年的从警生涯有关，与他的性格和职业有关。比如，读他的《我喜欢》，我是深有感触的，他从内心深处喜欢这时代和时代的劳动者。读他的"英雄"系列，尤其是《没有你的右边如此空寂》，我的眼眶是湿润了的。我从中感受到一种强大的力量：真诚和牺牲。真诚，是诗人做人和作诗的立场。不真诚做人真诚写诗，诗歌怎能感动读者呢？为国为民请命者来自旷野，又坦坦荡荡地复归旷野，这又是何等动人的生命观、价值观和历史观。或许，这些解读就是《率彼旷野》要表达的另一层意思吧——脚踩死生大地，心有此土此民！

诚然，作为一个诗路上的"征夫"，良彪的创作之路依然是"路漫漫其修远兮"。始终保持一颗赤子之心、灵敏之心、火热之心，是所有诗人的期待，也是我对良彪的期待。我知道良彪的散文创作也非常丰厚，令我钦佩不已。我也知道诗歌是他文学的初心，所以，同为"珞珈诗群"中诗人，我们同道同行很多年，虽然天各一方，却常常牵挂和瞩目于彼此的作品。因而，这本诗集的出版，就是岁月的见证，也是他的诗艺飞升的明证。祝愿他的诗歌创作不断精进，因岁月的流逝而变得饱满金黄。

2025 年 2 月 28 日

（邱华栋，作家，诗人，现任中国作协副主席、书记处书记。）

目　录

第二辑　草木之心

第三辑　节候之风

第七辑　天人之问

第一辑

虫鸟之鸣

竹枝词

1970 年代的竹园
飞来两只金黄的鸟
两只传说中的仙鸟
祖父说是梁山伯和祝英台
我心里怦的一跳
那黄色书籍里的羞耻
怎会如此光亮耀眼
事到如今，才找到惊艳一词
来描摹我彼时震撼
双飞的彩翅，一前一后
一飞一歇，一高一低
一振翅一跳跃
天衣无缝地清唱着
一首久远的竹枝词
宛若天上飘来的美梦
跟我幼小的爱情完全一样
乃至它们窃窃的低语
与短尾巴的梁山伯相比
我更心仪尾巴飘逸的祝英台
那两片婀娜的尾翼
至今仍微拂着心头的尘埃

使我的心时而重叠

时而绽开

鸟语里的清晨

我每天都在鸟儿的啼鸣里醒来
一睁开眼睛，就听见它们对话
几只鸟儿，大概是四只或者五只
画眉第一个说开场白
从最简单的句子开始
然后渐次
每一句都加长一个或两个音节
句子里有讲述有闲白
也有不平和不屑
是献给我醒来的最优美的歌曲
布谷鸟的回答很简单
它先是说布谷、布谷
接着又说豌豆苞谷、挑水下河
跟我熟悉的儿歌一样
有只吹长笛的鸟
只唱四个很长的音符
高低错落转换有致的乐音
使我的清晨一下子既悠扬又抒情
气鼓鼓——鼓
一只斑鸠穿着灰色的绸缎
在某个空当里滑溜溜地提醒

我觉得再不起床就对不起这个小乐队

包括点缀其间

像休止符或小鼓点的几只小鸟

它们仿佛是用喙尖把早晨啄响

一更天

初秋的一更天何其静谧
而在家乡的一更天里入寐
就是在记忆的深处小憩

慢慢地，潮水般的声音开始涌来
好像这夜是海
由山林、玉米地和低矮的云汇成的海
声音从海的边沿或者中心传来
游过夜的帷幔和厚厚的石墙
丝丝缕缕来到耳边
鹅毛一样拂拭着耳鼓
直到全部打开

我掉进秋虫的歌海里了
那潮水般的声音
有时在山林里呼啸
有时在玉米林里泛滥
一会从墙脚边腾起
一会从屋顶上漫过
呼吸一样缓缓退去
又海潮一样拍打着涌来

离我最近的主唱

有点像是破嗓子

声音嘶哑却浑厚而有磁性

它唱出的颤音

更像是年老的汽车发动机

整个夜晚都随着它的振动而颤动

离它不远处

有一只细心的什么昆虫

总是在巨大的振动之后

以尖而细的女式唱法

做出一些修饰

一般是四个音节

偶尔是三个或两个

也不全是海的喧哗

碎了的浪花里

也落下许多细碎的歌

蛐蛐儿的歌和蚂蚱的歌

好像是给这狂欢夜敲着边鼓

其实不是

它们的音调我很熟悉

对此我不加怀疑

因为它们处于一更天最低的一层

第二天

第二天
我一醒来就张开耳朵
搜索一更天的歌
依然如潮，但不是海潮
是太阳潮
响得人睁不开眼睛
虽不断调整耳朵的角度
也辨不清这些歌者的方位
歌的调子
也不再是单调的夜的发动机
而是主题鲜明的歌
是用了一种全新的版本
把昨晚的歌翻唱
甚至运用了简单的汉语
有的像巫师，反复地唱着
知了。有的像候鸟
斜睨着玉米地
急切地唱着胡子胡子挂起
虽然胡子早就挂过

像是对太阳直射的全力回应

正午时分
所有的歌者都拉长了嗓子
用歌声堵塞了阳光和空气的流动
仿佛世间万物
都在它们的音量里

施州大道 28 号花园

一群鸟儿站在早晨瞭望春天
站在光秃秃的树梢瞭望春天
它们椭圆形的身体
好像冬天最后一个标点

一群鸟儿站在早晨和绿茸茸的树梢
议论春天，在嫩绿的枝杈间
它们褐色的身体里有辽阔的天空

一群鸟儿藏在正午的阳光里聚会
它们不再聊春天
也分不清哪是鸟儿哪是树叶
整个树林都落满了它们的聒噪

布谷夜啼

下半夜了

布谷鸟开始鸣叫

山城的夜空里

布谷的叫声显得空旷辽阔

显得很孤独

一声比一声急促

一声比一声大

它知道这城里居住的

有很多是农人

它想叫醒他们

夜正深

布谷掏心掏肺地叫着

仿佛山城的心跳

哥哥呀

哥哥呀，哥哥呀

阳雀的呼唤由慢及快

一声比一声紧迫

最后一声，第八声

好像是哭出来的

有些哽咽，有些凄切

在这初夏之夜

它们的呼唤使山林更黑

天空更低

风更重

白天它们也呼叫

只是声调没夜晚急切

喊一两声就罢了

是否它们知道

静的夜，可以使声音传得更远

也更容易让哥哥辨别

我曾窥见过它们

闪着深蓝色的幽光

一旦感觉到异样

它们，就像一道蓝色的烟

迅疾从枝杈间溜走了

仿佛深蓝的鬼魂

遇上了人

蚁群移动

浩大的蚂蚁队伍

会聚于空洞

匆忙，移动

身后拖着行李箱，轰轰响

老蚂蚁黝黑，小蚂蚁搀扶

坐着的蚂蚁坐成排

细腿搓揉脑袋

仿佛有智商的人

悉心翻看手机

空洞之外

停着几排千脚虫

几条千脚虫向前移动

几条向后移动

肚皮里全是蚂蚁

出口和入口

几只蚂蚁板着脸

给蚂蚁们做安检

以确保每只蚂蚁

不至于带来或带走

一场风暴

亲爱的竹鸡

从画眉的滑音和麻雀的滴滴音
汽车的发动机和喇叭声里
我能够轻易把竹鸡的声音挑出来

他总是抱着一支竹笛
吹着单音节的音符
每次吹四下
同时又压低了气流
使音符显得清脆却又在低音区

他肯定有些憨头憨脑
每次都吹着同一个音孔
连指法也不会变
就如同不是他在吹奏
是竹笛自己被早晨碰响

一只黑蝇

一只黑蝇
落在白色的粘蝇纸上

它一只腿先着地
迅疾被粘住了
另一只腿赶紧来帮忙
企图把第一只腿拔出来

它拼命地扇动翅膀
试图飞离这危局
振翅声
犹如一部微型发动机

但它哪个部位运动
哪个部位就被粘住
哪个部位用力最大
哪个部位就粘得最紧

它最后一个挣扎动作是
颓然，耷拉下芝麻似的脑袋

乌 鸦

一群乌鸦歇在各自的枝杈
笼着肮脏的黑袍子
俨然城市结出的果实

它们的歌
比某些流行歌曲更难听
它们大肆地排便
仿若流星雨

夜 籁

夜籁如水，漫过寝窗
这蛐蛐们组成的合唱团
精细之声，与夜的黑浑然一体
与人的寐天衣无缝
显然，是夜的寂静提醒了我
忽然发现，这四季的夜籁
都是蛐蛐的杰作
它们的声音，犹如一缕缕丝线
把夜与夜串联起来了

而在这夜籁里
却掺杂进了卧榻上的欢欣
一种被压抑太久的苏醒
掺杂进了野猫的疾呼
每一声都在不远处失落
掺杂进了风驰的汽车，每一声冲刺
似乎都在追逐或逃避着什么
早起的人打开了房门
他们手持的坚硬物件
与栏杆和铁门刮擦着，碰撞着
他们噼啪地装载着货物

轰隆地发动着摩托

不时互相提醒，互相埋怨

丝毫没觉得破坏了夜籁的妙境

也没觉得他们的动作

是不是升华了夜的主题

麻鸭子

麻鸭子在冬日的芭蕉河里游泳
它们的麻色击碎了跳跃的水花
使我的心也随之一麻
或许，它们的世界里本没有四季轮回吧
我见过它们在夏天里闹腾的样子
拍打河水，发出嘭嘭的声音
突然纵身一跃，扎个滑溜溜的猛子
另一班鸭子在河滩晒太阳
单脚独立，长长的脖子弯曲着
把脑袋塞进翅膀之下
有的用嘴巴梳理羽毛
每啄一次，嘴巴都要奋力摇摆几下
我一下子想到了童年，此时
有几只麻鸭子与我远距离对视
对我的心思表示了认同

小燕子

当它意识到飞不出这间屋子
已经晚了。它的翅膀显然很疲惫
甚至抓不牢吊顶的边沿
它不知道，这玻璃屋子
实际上是个透明的笼子
不是它飞翔的天空

如果它不改变方向
不识破玻璃的假象
它就不是旧时王谢堂前燕
也不是似曾相识燕归来
而是饭厅里食客的笑柄

至美之物往往就是这样
不堪一击

一声鸡鸣

一声鸡鸣，惊醒了我
这是正月初四
我在一个叫芭蕉的小镇里酣睡
一声鸡鸣，将我惊醒

也惊醒了其余的公鸡
击鼓传花一般
它们传递着同一个声音
"啊哥哥矣"

可以想象，它们压低身子
直起颈项，将声音
从长而弯曲的喉咙里
释放出来的样子
翅膀把黎明前的黑暗
拍打得"嘭嘭"地响
连同囚禁它们的笼子
连同整个小镇
都在摇晃

蝙蝠舞

与夜幕同时降临的
是蝙蝠的舞蹈
蓝色的夜光里划满了蝙蝠纵情的弧线
每道弧线的结尾，是冲刺
也是第二道弧线的开始
非要把美与生存联系在一起吗
不，此时我不关心它的实用性
只单纯地喜欢它的舞蹈
黑色的翅膀，蓝色的飞翔
仿佛过滤了光

夜深了，蝙蝠进入了无人之境
而我开始担心今晚
它在哪一个岩洞里
或哪一家屋檐下休憩
我很羡慕它那种倒挂的姿势
多么自信，多么自在

第二辑

草木之心

新 芽

这个萝卜
它被主人拿到厨房
是在冬天
与它一起的三个萝卜
早已尘归尘
或许是主人忘记了它
它在菜架上老实地等待着
冬天过去，春天来了
它发出了新芽
没有土壤和雨露
它在空气里吮吸营养
它消瘦了许多
不再白白胖胖
但它长出了新芽
它是在向主人
传达什么心思呢

十七棵银杏

十七棵银杏像一群孩子
手牵着手，站成一个圆圈
站在界子岭，看树下的小孩
把一捧捧杏叶撒向空中
忽又企鹅一样紧紧靠拢
严密地守护着它们的心爱——
几根正在与时间之啮食
搏斗的杏骨

在秋天和冬天的交界处
太阳灼目的内心印着两个字
立冬，十七棵银杏的天空
飘过一千五百年的天光
银杏用树梢表达疑问
一些等待坠落的叶片
闪耀着零零星星的金辉

马灵光

几乎在回头的同时
目光与一棵裸体的树怦然相遇
它粗壮圆润的身子
暗红色的肌肤
使四周绿色的植物
马尾松、花栎树、牛王刺
香樟、松柏、楠竹、棕树
愈加俗气、平庸
夕照抚摸所有植物
唯在它的身体触及温暖
触及线条的流畅
不是所有的树都愿意
咬着唇，褪下干枯的衣裳
把最柔软的真实呈献给你
因此虔诚的人给它系上红绸
默念着对它的爱和崇拜
默念着它神秘的名字
马灵光！

紫　藤

紫藤弯曲时有多开心

缠绕时就有多迅疾

它每天都在开心迅疾地缠绕

最后俘虏了一棵棵树

它们再也无法分开

除非烈火焚烧了森林

除非它们自己老朽

除非斧刃向它们劈来

除非虫子蚕食了它们

这一切到来之前

它们会小心地

蜷缩在自己的叶片里

牛王刺

一条灰色的蛇

从树脚下长出来

散发出腐叶的气味

它在森林里乱转

不知要到哪里去

每次它探头天外

柔软的身骨总把它拉下来

它遂越长越长

亦愈长愈软

它遂遍体长出凶猛的刺

尖锋犹如呲呲的毒针

它是要提防动物还是植物呢

人见它都互相提醒

小心，它身上有刺

难不成它真是山中牛王

所有的植物都绕开它走

又仿佛在各走各的路

倒钩藤

周围的植物都高过它
都各自伸开枝叶末梢
吮吸各自的阳光
倒钩藤也探着头
在林子里穿梭
它青灰色的身子
犹如一条苟活的蛇
在林地布下一个局
它将遍体的刺都倒钩着
谁若攻击倒钩藤
就是以身试刺
而抽土烟的老者
多伐其身，截其枝
去其刺，磨得油光可鉴
中孔贯通，制之为烟枪
粗端接烟锅，细端接烟嘴
青烟腾腾间，以为玩物

水杉爷

在北极晒太阳时
跟它比肩的树都有天高
跟它游乐的动物都体积庞大
而如此大型化的日子
却被半圆形冰川压扁了

我看到的水杉爷就来自北极
它粗实的树干镌刻着褐色的威仪
枝干如铁，因承载了某份重轭
而愈加坚挺
它如何逃过冰川的追赶
为何从时间里破壳而出
你问得越紧，它越不说话

北极被冰雪覆盖
以及它庞大的世纪被冻死
都是必然的事情
水杉爷在古谋道蹦出来
亦属必然
它颗粒状的种子必然播撒全世界
它必会更古老，更加守身如一

致茅草坡里的兰草

看见她时，在茅草坡上
她正与众多的茅草一起
享受着下午的阳光
看见我时，她稍微低了下眉
把幽香的叶子往茅草里藏
风撩动茅草，也撩动她
她们的叶子相互摩擦
使阳光发出锯木头般的响声
也使我的背脊隐隐发痒
对于她如此贬低自己的身份
苟活于茅草之中
我不得不对她说，兰草啊
我就是那个放牛娃和放羊娃
那些年，我们的美学里
没有兰草，只有草
所以，你还没有露头
就被牛羊们啃掉了

垂悬决明

每天傍晚我都要与她见一面
在名叫西湖路的坡边
太阳落山了，它燃烧过的山口
如同等待入水的铁
第一次见她时
以为她病了
小小的叶片都恹恹地垂着
仿佛被生活压垮了一样
次日发现她还是这样
"形色识花"说
她叫垂悬决明
每一小枝有八片叶子
四片一组
傍晚时分，那相对的两片
就像热恋的情侣
脸贴着脸，拥抱着
看上去犹如一片叶子
只把灰白的背影留给夜晚
似乎那背影能抵挡人世间的夜寒
或者能护住她最珍贵的秘密
从此我喜欢上她了

在她羞于示人的闭合里
我又回到了少年时代，多么纯真
多么简单

梦花树

梦花岭的梦花树躲藏起来了
它不让我们瞥见它的真容
梦花岭有棵三百岁的青树
一棵五百岁的樟树
树干都冒着青筋，犹如
耄耋老人的血管
但这并不妨碍我们
把梦花岭叫作梦花岭
因为梦花树发过誓
梦花人打的每一个梦花结
它都要逐一兑现的
不管过去几百年

梦花结

我们在天地棚里观天地

每人从天地间随手

捡拾到诗歌一句

我们把它挽成一个一个的结

然后交给了梦花树

有的写人生是一场梦花

有的写若花结籽若籽坐根

若根发芽即为生长

有的写不念人间万种红

有的写飘然出远尘

或土地是我们的命根子

这些语句我们都有点拿不准

请梦花树代为解答，要么

把我们扣得更结实些

楠　木

最好是不见楠木

否则会觉得自己太渺小

是速朽的动物

既不能像楠木那样存活几百年

还青枝绿叶

还是风中摇动的风景

也不能像楠木那样

吃着清风雨露却长得高大粗壮

不能像它那样

越寂寞越远离喧嚣越快乐

越没人理睬越有神采

不能像它那样

在被砍伐剥皮被时间熏黑之后

却更加金丝烁烁

使有钱人愈发垂涎

楠木的劫难源自率土之滨

源自人要依靠它给脸上贴金

楠木觉醒得比人类还早

它从有生命之日起就开始躲避人类

只有善良的农人

才是它最信任的邻居

在哪里生长和繁衍
也是它独立决定
它不相信地球上会思考
会说话的动物

槐树下面

没有风
正午的阴里站着一棵树
树的阴里
一个男人给另一个男人
梳辫子

日子是那么悠闲
跟背景深处的几棵树一样
在浑浊的时间里纳凉

翻过一页
也没有风
一个人牵着辫子
一个人挥着刀
辫子上的一颗头
在历史的天空跳舞

"喊"的一声
树边停下一辆公汽
上下的人行色匆匆
起风了

梅雨如泪

又一个老人走了
他走时，梅雨簌簌地哭着
给他门前的花木挂满了泪珠
泪珠落下一颗
随即又挂上了一颗新的
哀乐的节拍每加重一下
花木就摇晃一次
掉落一颗泪珠
似乎是怕冷
而梅雨没有停歇的意思
一滴滴
都在急急忙忙赶来的路上

第三辑

节候之风

不一样的月亮

微信里，朋友们的月亮
全都比我的光鲜亮丽

比如天涯的月亮
虽然镶嵌在一堆乌云里
却银光灿灿的
给厚厚的乌云做着黑白的透视

发哥的月亮
是从一栋商住楼顶上升起来的
商住楼里
橘黄的灯光一级级排上去
给月亮续上了人间的烟火

方君的月亮在黄昏就升起来了
北方的黄昏低矮而又混沌
再低一点
月亮就将沉到芦苇边的池塘

二妮的月亮挑在屋角的翘檐上
下边参差着竹叶的剪影

使我忽然想起了张若虚

而我的月亮像萤火虫一样
深陷于黑漆漆的夜空里
渺小又渺茫
透露出无底的悲悯

心 坳

想象着月亮在楼顶上等我
楼梯间就变得异样起来
恍如独行于儿时的山间
扶栏是带露的青草的栅栏
墙壁是湿润的青藤在婆娑
秋风从发间吹过
如吹过轻烟笼罩的坝子

我爱这中秋月的清辉
她洒在我山坳坳的小区里
就像洒在所有山坳坳里的月光一样
山脊上游走着树影的青黛
树影里播放着蛐蛐们的小曲
一扇扇温暖的门窗打开了
飘溢出惬意的家的微光
以及摇篮曲和窸窣的麻将声
全是人世间最亲切的时光

而在山的那一边
月光像是落在了一面豪华的反光镜上
又被倒逼了回去

一场演唱会经过金属的扩大
正硬硬地横在城市的上空
俨然一道失守的洪流

这也是月亮所允许的
她允许人间在中秋的月下放荡
也允许我一个人在楼顶上独自彷徨
仰望她，或者低下头
辨认那与我寸步不离的影子

想要的月色

那一粒荧光闪烁其词
在长方形的黑色背景里
仿佛愈来愈远
正欲隐进黑色的大漠
或刚从那大漠里缓缓步出
正面走进我漫长的期冀

于是我伤心地拍下这月亮
把它镶嵌在我的微信里
并告诉朋友们——
这就是我的月亮
像过去，也像未来……

夜深了，我扭过头去
却见阳台黑色的栏杆上
月光依然在柔情地抚摸着
像是送给我特别的惊喜

此时的月亮更像是一张笑脸
它把笑纹里的光芒
如数地挥洒给普遍的人间

霎时我发现了某种存在
并获得了无比充盈的安宁
第一次明白了一个朦胧的道理

没有明净的天空
便没有想要的月色

钱塘潮

这神秘的队伍
它的统帅，是月亮
也是它的灵魂

没有什么信念
比它更古老，更执着
没有谁能阻止它按时出征

没有谁能卸下它的铠甲
无坚不摧的时间
也只能伏身于沙滩
铺开广阔的空间

从海上出击，携巨浪
携风和雷霆，卷一道滚滚的铁流
知向谁边

雪之舞

夜雪狂舞
农家院坝由黑变白
谁这时走上去
就会留下一串串歪斜的脚印
颜色黑得令人生疑
像我们各自经历的生活
啊这春天的惊雷和闪电
捎来的第一场雪
是否一如当年的冬雷
携带了元曲里演唱的故事
而我们却再也不能套用
那句古老的成语

雪之声

夜雪声里，你只觉得听力关闭
视力膨胀，身处无界天地
你伸长颈项，仰望天空
犹如婴儿仰望母亲
看着雪花里包含的温暖
感到通体的满足
你听到老竹园里啪啪地响
与白居易诗句描绘的一样
你以为雪的骨头折断了
次日，你看见雪
白茫茫地伏在大地上
两只黑狗在庄稼地撒欢
它们活脱脱的脚印
犹如雪的音谱
可它们却摆动身子
抖落一身怪味的热气
但不是一支曲子的结尾

春天的平原

在淡淡的烟岚里
春天的平原
是与高天平行的画板
油菜花的金黄
使人们又一次看见了
方格状的春天
而青青的麦苗在风里沐浴
展露出不与争春的大局
一塘连着一塘的春水
漂浮的淡黄，却不是浮萍
是红虾们从泥巴里吐出的春天
故去亲人们的灰小宅
拥挤于铁路沿线，春天的边缘
头顶挂着密密麻麻的清明
与他们曾经的家园隔空相望
这时春天的平原骤然增添了感情色彩
并以此告诉人们
春天的平原不仅仅是平原
更是人间

我的太阳

5 月 9 日的太阳
被一个巨大的光环包围了
他傻愣愣地待在光环里
弄不清究竟自己是太阳
还是光环，是自己在发光
还是光环，宇宙的恒星
太阳系里的太阳，就这样黯然失色了
成了光环的一个小圆点
使我一时不知该怎么呼唤他
霎时间只喊出这么几个字——
我的太阳！

风　筝

在一座千年古城里

一个六旬老人放着风筝

他驼着背坐在一片空旷的地方

样子像在打瞌睡

或者一个面向闹市的垂钓者

等待时间的消散

天上的风筝那么多

唯他自己知道哪只属于他

有时他迷糊了

就带一带手中的线

待弄清了风筝的坐标

又恢复了嘈杂的寂静

在一座千年古城里

一个三四十岁的汉子放着风筝

他骑着一辆破旧的自行车

从很远的地方赶来

车架上搁着一些塑料布

自行车被撂在广告牌下

像一匹无所事事的瘦马

他的风筝是所有风筝中最大最高的

但他并没有显出惊喜
只是本能地转动手中的线盘

在这座千年古城里
一位年轻的妈妈放着风筝
她的风筝呜呜地飞起来了
又呜呜呜呜地栽下来了
碎花的连衣裙在风中轻轻地飘
她不懂得宁静致远的道理
算不得一个真正的风筝人

在这座古老的城市里
公园、广场和各种大厦的上空
时常停着一些风筝
它们都面向同一个方向
其姿态与其说是飞翔
不如说是张望

秋老虎

我同意
每年给你们二十四天
撒泼，任性，施虐
要么熔化掉我
要么，留下枯黄的季节
供我思考，供我阅读和写作

烈日下

这时，太阳这个任性的火球

已经完全决堤，它耀眼的液体里

浑是滚烫的惩戒

它叫工厂开足马力生产空调

叫人类情不自禁把所有空调打开

房间里的、汽车里的、列车里的、飞机里的

它说来吧，所有制冷设备

都打开，加入空气大战

以使这滚烫的惩戒从白天

延伸至夜晚，从即日

延伸至永日

暴雨下

暴雨从黑云里掉下来
就像老天射出的密集子弹
每秒射出 N 万亿颗
特大雨珠，落地的瞬间
它们无一例外
发出尖锐的爆裂声
且迅速乱了阵脚
胡乱寻找各自的出路
转瞬间，它们就恢复了
集体记忆的力量：
往低处奔跑

写给 2025

冬天的阳光比夏天暖和
半天云里鹞鹰翱翔
翅膀像极了太阳能板
一边充电
一边搜索地面的动物
低于鹞鹰的是鹭鸶
身子被阳光染成了白色
它的飞翔不带任何功利目的
更自由更阳光
低于鹭鸶的是山上的树林
阳光里摇落一身小叶片
蝴蝶一样发光
只有银色的飞机高于鹞鹰
阳光在它的翅膀上轰鸣
穿过冬云
飞临 2025 年的春天

第四辑

胜景之影

我在想

我在想
这些老街只是街的雏形
但它们的冷寂中分明写着孤傲
它们仿若拈花之佛
聆听世界的潮流在远处喧嚣
我在想
这些青石板木房子的老街
陷在时间中是不是太深了
陷在山坳里是不是太深了
我看见它们在每个临街的窗里饮泣
我在想
这些老街的窗外都伸出一截截烟囱
就像听装饮料的吸管
它们是在嘈杂的空气里呼吸新鲜
还是在新鲜的空气里吮吸过去
它们的下面是不是躲着老街咳嗽的心
我在想
这些风雨飘摇中的老街
光着腚在屋檐下呆望世界
它们衰败的门户中锁着多少辉煌
岌岌欲倾
什么意志支撑它们不倒

高山仰止

那样纯净的天空定是神的天空
本来就没有尘埃的天空
透过好像没有空气的空气
蓝蓝的高空透明的是青山的倒影

那样混沌的天地定是最初的天地
本来就没有界限的天地
空山新雨后
哗哗的飞瀑寂寞的是摆渡的舟子

那样疯狂的石径定是最隐秘的石径
本来就不是路的石径
蚁行于不知生亦不知死的路上
涟涟的汗水无底的是幽涧的鸟鸣

那样深刻的人生定是神最赞美的人生
本来就没有希望与失望的人生
出没在不知是早晨也不知是傍晚的霞光
青青的稻田无语的是老者嘴边的旱烟

那样恒久的山定是世间最后的山

连无也不存在的山
蔓延于山上的是无始无终的事物
蓝蓝的高空透明的是山的倒影

董家河，秋天的倒影

你应该有一个更空灵的名字
像你的天空
秋一样明净，鹰一样悠远
不是洗去了尘埃，是没有尘埃
只需仰望，便能在峰的边缘
树的边缘，你的边缘
清晰地勾勒出心灵的渴望

像你的芷水
草一样浅浅，道一样深藏
不是没有波浪，是怀揣着
只需一瞥，便能在秋的倒影
阳的倒影，风的倒影
轻轻地触碰到你瓦蓝的思想
不是忘记了奔流，是忘记了远方

像浴水的树
云一样盘绕，梦一样生长
不是没有翘盼，是羞涩着
滑落一片阳光，便能在枯的枝里
苔的黄里，叶的泥里

悉心地梳理袅娜的翅膀
不是不渴望绽放，是渴望永远

像你的红叶
火一样恬静，光一样鲜明
不是炫耀火焰，是收藏着
悄悄的一声叹息
便能在眉的岸上
岸的水里，水的峰里
沉醉地捡拾你随意的心语
不是留念秋天，是留念你

董家河，夏日的缱绻

到处都是你微眯的眼睑
是玉米叶的反光
是水底凹形的天空
是每一片叶尖
火辣辣的刺探。是不是
阳光越炙热
你越灿烂

是河边的野草
打湿了你的裙裾
是懵懵懂懂的小野鸭
在你古怪的麻柳树下沐浴
他们的模样
与你憨厚的蓬蓬叶
相映成趣
是一棵千手银杏
隔着一百五十年时光
越过哗啦啦的玉米林
望着你。是不是
世界越扑朔
你越单纯

做一棵半死的树多好

每一刻都有你的淹没

做一叶小舟多好

每分每秒

都知你的冷暖。是不是

岁时越灼热

你越冰凉

题蝴蝶泉

张开翅膀
张开，再张开
你想飞，一直想飞
但你没有
直到翅膀僵硬
僵硬成岩石
直到压抑于胸腔的水
喷出来，像泪水
淹没了一条河

瀑布里的风景

我是个没有大志的人
如果问我退休后做什么
我选择做鹿苑坪的瀑布
从半山腰一个小山洞喷出来
带着惺忪的雾
我要在半坡里挂上五级瀑布
每一挂都是若干级组成
宽窄高低不一，疾缓有致
但必须飞溅晶莹的水珠
必须把岩石摩擦得哗哗地响
我流经的岩石都带有硝石的味道
由此产生温暖的水汽
可以迷惑那些痴呆的蓼竹丛
最后一级，必须收拢所有的水流
以纵身一跃的姿势向世界表明
每挂瀑布的志向

地球之嘴

地球将众多的山洞
生长在板桥，在峡谷里
在半山腰，在公路穿过的中空
在路边上，在房子的尾檐
这地球的嘴巴
于吞云吐雾间颠倒着板桥的四季
冷暖着板桥的水流和空气
板桥人以板为桥
搭建了与洞们互通的网络
板桥人知道
地球赐给他们众多的洞之嘴
不是要吞没他们
而是要他们享有
地球上最稀缺的感情——
听地球说话
呼吸它吐纳的气息
嗅探它齿间的气味
和它一起欢笑
一起忧戚

朝天笋

雄赳赳的，仿若大地之根
指向无垠的苍穹，很多时候
它在亚热带季风性湿润气候的
云雨里，失去自己
是大峡谷的风救了它
风驱赶云雾的时候
云雾里只剩下它的影子
笋尖在半空中搅动着
仿佛不服输或意犹未尽
很多时候，天地一片澄明
阳光给它披上金色的袈裟
似是善意的劝告。冬天
大雪又将它严格地包裹
是最明白的禁令，唉
这些自然现象，略带羞耻感
却是世人看不尽的风景

石门河传

一

你在上天的眼皮底下
大摇大摆地夹住自己
像老子落下的神秘的一
在里面生长着万物

自低而高的声音
充塞于你的耳鼓

你被俞伯牙丢弃的古琴
浪迹于此，觅到了知音
你曲调清澈、主题单纯
用豆绿的深潭沉淀回忆
用犬牙状的岩石吐露愤懑
你把深深的遗恨
勒进狭长的石槽
你也期待来者
并怯怯地孕育了两颗
等待破壳的鹅卵石

在一块凹形的石头里

如云如梦的花蓬
微醺着你的肺腑

你停泊在自足的仙境里
最大的心愿是与世隔绝
天光透过你的缝隙
洒在湿漉漉的苔藓上
辉映出毛茸茸的青春
匝地的藤蔓枯萎了
依旧在风雨里摇荡
云卷云舒的心旌
一棵棵被岁月绊倒的树
裹着青苔，静静地腐朽

夏之雨绵绵密密
绵绵密密是塞谷的草木
夏之夕阴阴郁郁
阴阴郁郁是落寞的古桥

是谁在栈道壁打起了呜呼
吓得你屏住了呼吸

二

石门河的树大都扎根在崖壁上
泥土稀薄，为吸营养
它们的根须不得不牢牢抓住
坚硬的岩石，根梢如蛇头
细心寻找岩石上可能裂开的缝
扎进去，最大限度地扎进去
石门河的树很幸运
它们大都抓住了最后一线生机

石门河的树，身子大都低矮
树干泛着青白色，光滑、细腻
为了节省水分和能量
它们尽最大努力长矮点，再长矮点
把营养、精力和时间，全部用来
建造短小的骨骼和结实的肌肉
还有铁爪一样的根须

我摇撼过它们的每一根
感觉自己就像蚍蜉

三

大部分时间，石门河的河
是一根麻绳，在石头上勒
它很有耐心
不指望一朝一夕能改变什么
而是寄希望于千万年、亿万年

千万亿年过去
河床勒得像睁不开眼的盘古
石门河的河，它还在勒
仿佛一切才刚刚开始

它勒过之处我都一一看了
感觉每颗臼、每道牙、每条穴、每只眼
都被勒出了意外的情况
不仅是我，其时
每个游人的心
都被勒得一紧一紧的
发出人类直立时才有的惊叫

四

石门河的石与别的石迥异之处在于

它与石门河是一个整体
它最乐意的事就是被石门河洗刷，被勒
素颜。干净。恬淡。
奇异，还有白
这些都是附带的

五

只有正午时分，阳光垂直落下
石门河的下半身才洒得星星点点
金黄的光
石门河很珍惜这个时辰
每一粒金色的光离子
它都嚼碎吸进了肺腑

之前和之后
阳光在石门河上半身恣意抚摸着
待黄昏，全部照在周遭的山头上
像给石门河撑了一把一把的太阳伞

每当此时，石门河里的每一滴水声
都像是窃窃的抽泣
我从没觉得石门河有什么伤心事
唯阳光这事除外

响水天坑

至今，天坑仍是饕餮的代称
里面盘踞着毒蛇和厉鬼
聚集着所有见不得阳光的东西
它吞噬一切美好之物
是无底的深渊、人类的忌讳

村支书黄大忠带领勘察队
第一次进入响水天坑
也一定吓得魂不附体
他想象过里面的魔鬼
但绝没想到规模如此之大
它们大部分倒挂在天坑顶端
躯体庞大，腹部蠕动
浑身结满了凶险的疙瘩
在黑暗中磷光闪闪
只有极小的一部分在地下放哨
感觉个个都倒吸着一口凉气
且手握寒气逼人的戟
这传说中的恶

当黄大忠和勘察队

打开手电，真实的响水天坑
美得使他们战战兢兢
这不是魔鬼城
分明是钟乳石的理想国
是地球上最古老的灯饰展
前来认购的是寒武纪和奥陶纪的先人
是地球上最豪华的服饰展
为举办这个展览
响水天坑准备了亿万万年
是地球上历时最长的石雕展
雕刻师是黑色的时间
它追求至精至微
对作品的修正从未停留片刻

这纯粹的美
银河落九天一样挂下来
又丛林法则一般长上去
寿者自寿，幼者自幼
悍者自悍，妖者自妖
直者自直，曲者自曲
不知其始，亦不知其终

响水天坑及充塞其间的各物
身怀了宇宙之大智慧

稻　池

秋天的稻池村玉米金黄
每一根矮小的玉米秆上
都悬挂着一颗硕大饱满的秋天

秋天的稻池村瓜果滚圆
每一颗滚圆的瓜果里
都饱含着村里人真心的微笑

秋天的稻池村塘水潋滟
潋滟的塘水底下
满是村里人肥美的希望

秋天的稻池村新楼林立
粉扑扑的玉米花和星星点点的小山花
环绕在新楼的周围

秋天的稻池村没人闲着
男人忙着修路架桥在清江边上建栈道
女人忙着做饭喂猪催小孩做作业

秋天的稻池村一进入傍晚

黄金水塘边就挤满了人

有的跳舞有的把最新的曲儿歌唱

巴东行

神农溪

肯定是神农煮百草的瓦罐
溢出了一河上古的汤
肯定是小三峡，在岔道里藏住了混沌
肯定是一条纯爷们儿的河
肯定是为了赤条条来去
无障碍，无牵挂
才有纤夫古铜色的爱和美
肯定是生存的难度拉伸了纤夫的力度

大面山

大面山鼓着大肚子挺在巫峡口
吆喝着长江向东流
要是大面山改变主意，向右拐
长江就不是路过巴东
像一个在水上跑江湖的人
而是烈性地切入巴东腹地
这样，大拐弯还在

只不知巴东还在不在
不知十元纸币上的金色巫峡在不在
后来在，过去还在不在

女人谷

那一刻
我的命有一百三十八斤
被挂在索道上
操作人员一手举着步话机
一手握着制动把，神秘地问
一百三十八斤，可不可以放
一个十拿九稳的声音
从谷底传来：可以
咔嚓一声，操作员迅疾拧断了
我与大地真实的关系

此后，我只能揪住能揪住的东西
眼睁睁看着不可知的险恶或幸运
凉飕飕地迎面扑来
后来，我在女人谷里看到了
绿茸茸的肩背和藤做的吊带
看到湿涔涔的钟乳石
看到一串串水珠，牵着线
嵌入肌肤，恰如一丝丝爱情

看到钳甲虫披着红花斑
发自肺腑的啃啮
看到朝天的悬崖上
一双双五指岔开的血手印
它们肯定想摁住什么

过都亭山

一

就这样，穿过齐跃山拱起的背脊
清江滚滚而下，扑进利川盆地温软的怀抱
它像是走累了，腾跃的步子明显放慢
又像翱翔的老鹰，落在崖嘴上歇息
拍击了两下翅膀，收敛起僵硬的羽毛
扭了扭它绿缎般的腰肢
收敛起刀刃似的浪花，关闭了山歌样的歌喉
在路过都亭山的一刹那，它打了个寒战

白雾沉沉，都亭山
东边一朵红云，西边一朵紫云
云霞腾腾，虎啸阵阵

二

犹如一条巨蟒受到惊吓，清江
狂扭着身子，且压低了摩擦
迅疾而又不露声色地向前游去

它感到，血液在冷却，血管在膨胀
大地在隆起，山脉在下陷
一颗头颅落下去，血在喷涌
在喷涌，霎时化作一道闪电
遁入山林，遁入巴国城池的天空

白雾沉沉，都亭山
恍若漂移在洪荒中的一只葫芦
东边红云起，西边紫气腾
云霞腾腾，虎啸阵阵

三

不错，都亭山是一个土堆，一座坟茔
里面横着一截身子
头颅已送至楚王的案前，双眼如炬
刹那间，如炬之眼开口说话：
楚王，你给我的，在我心里
我能给你的，在你案前
楚王长须惴惴，浩叹不已
将军，你把脑袋都送给了我
我还能向你索取何物！

清江在巴国的土地默默流淌
身后的都亭山

云霞腾腾，虎啸阵阵

四

在清江走过的地方
青草发芽，水杉抽绿，稻田飘香
突然，来不及思考，来不及避让，来不及退缩
耳边是轰鸣，不绝地轰鸣
身子是撕裂，不停地撕裂
骨头是粉碎，不停地粉碎
鲜血是迸溅，不停地迸溅

清江一头掉进了绝崖
巨大而幽深的岩洞，如龙
瞬间将它吞噬

清江在巴国的土地默默流淌
身后的都亭山
云霞腾腾，虎啸阵阵

大峡谷

谁见了你不肃然起敬
你的年轮
层层叠加着，每一层都是你的命
你周身只剩下了骨头
而每一根骨头都指向苍穹
你被压弯了的脊梁
在风蚀中抗拒坍塌
你把最后一块石头草帽一样顶着
就像不屈的头颅
在呐喊中缄默，不惧风吹去
你以磅礴的阵列
阻人寰于清江之外
谁不仰视你
谁的目光不一寸一寸地抚摸你

我知道你与悬崖有个约定
你们用脚趾扣住岩缝，斜撑着身子
一如凌空的迎客松
面朝天空，背向大地
起风了，你们扭一扭腰身
摇一摇臂膀，手紧紧地握在一起

没有谁能撼动你们
你们把自己交给了悬崖
交给了万劫不复的深渊

我知道你与宝剑峰有个约定
为了那出鞘的一瞬
你汲取着大地的精华
注满了大地的精血
日光烧红了你，雨雪冷却了你
却只能增添你凌厉的锐气

我知道你与小叶黄杨有个约定
只要给你一丝岩缝
你就能找到生命的支点
只要几粒朽叶的粉尘
你就能触到广袤的大地
只要渗一道水的影子
你就能攫住奔流的江河
每一缕不经意的风掠过
你都会惊喜万分

你相信它们，胜过相信你自己
一炷香烧过亿万年

谁能企求你降低高度

你随意的一根草木

都是千万年的妖精

你任意的一座山，哪怕被削去半边

也是定海神针

你悬着的每一挂绝壁

都是上帝的微笑

吓退无底的贪欲

除了沉默，谁能说出你的神奇

谁瞅见你不战栗

不茫然失措

不收起智者的面具

金龙河

你沥山下淙淙涌流的
能装下天空的水
能洗涤凡心的水
能彩蝶翩翩的水
能清音独唱的水
那比爱更柔软的水
比时间更坚硬的水
比痛更钻心的水

还有什么是不可丢失的
倒流一千八百里
要去找回什么记忆
还有什么是不可背弃的
倒流一千八百里
要去了却什么誓言
还有什么是不可剥夺的
倒流一千八百里
要去重拾什么信念

你蜿蜒的金黄
被青山夹住的金黄

狭长的卷着千重浪的金黄

阳光的洪流

丰裕的美

农夫弯曲的年轮

在板斗里移动

蜻蜓的翅膀透明地振动

你无名的花树烁烁地红

燃烧着野草的冲动

一片片楠竹

揉成一团团漂浮的梦

一山山绿茸

婆娑着最初的纯情

你云团般的楠木

支撑起古老的凉荫

还有烟一样缭绕在山脚的瓦屋

仿佛欲乘风飞去的瓦屋

在翠绿的掩映里偷看着我的瓦屋

从樟树和松柏的脚下走出了两个孩童的瓦屋

被母鸡的咯哒声惊得一跳的瓦屋

挂着红灯笼晾着红辣椒晒着玉米棒的瓦屋

敬着土地庙的瓦屋

驻守着几个老人的瓦屋

燕子垒巢蜜蜂坐家的瓦屋

宽敞的火塘等待着寒风来敲门的瓦屋

用瘦弱的腿支撑起一个家的瓦屋
倾斜了但不倾倒的瓦屋
对金龙河的歌唱永不厌倦的瓦屋

还有那粗糙的河柳，最原始的想法
扶岸的刺梨圆润的表象尖锐的针芒
夕阳里回家的背影
夜幕里夏虫们演奏的天音
坝上的秋风不疾不徐地吹拂
你那带腥味的气息
那不知去向的歪脖子树

金龙河
你与吾土所有地名一样
都是秘史的载体

二官寨

那轻扬于你头上的，是缥缈的云雾，还是乳白色的时间
它们凸显了你，虚化了你，为什么又抚摸着你
它们是物质的气息，还是造物主的气息
装扮了你，化育了你，为什么又遮蔽着你

你不是为了逃避，而是为了开辟，才来到了这里
那风雨飘摇的楼群，不是为了雕刻依稀的繁华
那气宇轩昂的深宅，不是为了黯淡异乡人的意志
它们是你的来处，如今是你的归依

你不是刚从梦中醒来，你一直醒着
你看见那么多朝代，来了，又去了
它们骑着快马，从驿道上来
走的时候，只留下四个字：云程初步
然后，它们像茶盐古道一样，神秘地消失了
但你从没有相信它们许诺的奇迹
你只相信你自己

你有你独特的思维
在你的心里，世事并不复杂
只要居所紧贴着土地，心就会安宁

只要堂屋敞亮，人神就能够共居
只要像吊脚楼一样站立，你就能远离瘴气
只要像轻盈的竹子一样站立
你就能心空一切，气节高洁
你不保守，但是你固守

你坚持最朴素的真理
那高悬的瀑布，它们来自上天，也来自澄澈的你
它们是飞雾，你就是迷茫，就是万丈的彩虹
是碎沫，你就是玉珠，就是沧海之一粟
是流淌，你就是波浪，就是深邃的碧潭

在你的山头上，任何鸟儿都平等地歌唱
在你的树林里，每一根藤蔓都可随意地缠绕
在你的枝头上，每一朵花都可以尽情地绽放
在你心里，万物与你为一

鄂西南

一声筒响，鄂西南
头缠黑毛巾，身穿蓝布衫
手持锄头上山
鄂西南的草鞋磨穿石板
而薅草锣鼓把心唱亮

一声筒响，鄂西南扛起夕阳回家
在磨盘里播放一首亘古的曲子
吊脚楼下，疲倦的牛儿一边思索
一边咀嚼着劳动的时光

鄂西南响起撒尔嗬
比杰克逊的摇滚还震撼
鄂西南跳起摆手舞
老虎都惊诧得浑身煞白
鄂西南跳起毛古司
满山的草都瑟瑟
鄂西南的妹妹以新娘为中心
围一张圆桌
胜过星光大道

鄂西南把梦背在背篓里

把春天藏在苕窖里

把荒月封在扁缸里

把力量使进打杵里

摸秋之夜

鄂西南万籁俱静

从一更到五更

鄂西南姑娘一直唱着幽怨的歌

从正月到腊月

鄂西南情郎一直卖不完担里的货

从日出到日落

鄂西南媳妇总是报不完公婆的恩

从东山到西梁

鄂西南月光总是照不到游子的归程

鄂西南在哪里

在大土司的山洞里

土司的山洞在哪里

在巴人的流浪里

巴人在哪里

在廪君和盐水女神的

爱河里

那纷落的雁群里会不会有你

行走于兴山的天空下
吹拂于香溪的风中
一个汉代的美人
会一直在你眼前时隐时现
一种郁结于胸的东西
会像香溪的水
细细地翻着浪花
溅湿你的惆怅

你会不由自主地仰望苍穹
而那里白云悠悠
块头比你的心结更大
蓝天高远
远得超过你的疑问

你会不由自主地举目远瞩
希望在香溪岸找到定心之物
但你找不到兼葭
看到的是高速列车
子弹一样穿过香溪的边沿
呼啸着钻进隧洞，然后消隐

你会抬头环视山峰
但每座山都以巨大的形体
将你的视力压扁

你会想狂呼
但盘桓于心的
似乎都是一种叫诗的物什
你找不到它的形体
只觉得它掠过北方的大漠
粗粝的沙砾，寒冷的风
搅得你的心又乱又疼

你会来到一个叫宝坪的村圩
走进去，走出来
像一个患了健忘症的人
在青砖石瓦里找寻
你赤脚着地
冀望踩到美人的余温
而美人兀自弹着琵琶
怨声里
一只只惊雁纷纷落下

你想说
那纷落的群雁里
有你

阳光照耀的小山坡

这是舍米胡
阳光照耀的小山坡
明人徐珊伐剩的楠木
把这里的空气熏成了苍绿色
刻在碑上的《文木赋》
一枚枚文字与土蜜蜂一起
在光影里飞舞。此时
摆手堂前的黑衣人
心里都装着一大堆篝火
醉醺醺的，在舞蹈和鼓点里
把经年的辛苦又重复一遍
而闲地更闲
鸡群把自己装扮成火焰
灰鸭子头顶着黑色的星星
把自己当成了模特队
这是舍米胡
阳光照耀的小山坡

第五辑

岩石之表

谒梁启超墓

如此坚固的墓房
会不会禁锢了你的思想
多想你的灵魂已钻出了地面
都伫立在松柏里了
哪怕有些弯曲也行

紫金山

紫金山的树漫过博爱
紫金山的甬道铺满征伐
紫金山的牌楼除去灰色
都是坚硬
紫金山的风云卷着仓皇

紫金山的孙先生身着白衣
手握三民主义和建国大纲
凝神屏气，跷腿而坐
在斧削而就的花岗岩碑后

紫金山的铜鼎肚子上
日军弹片撕开的一个豁口
状如一朵穿心的花
宁可疼痛，也不修复

石头城

鸡叫声里
挑水的娃子走出村子
撒尔嗬
山倒下来埋了他的村庄

挑水的娃子回头去望
地面很平坦
好像什么也没发生一样
撒尔嗬
路上躺着一片咽气的石头

全村只他一个人逃出劫难
他一时不知是否仍去把水打满
撒尔嗬
挑水的娃子是个长工

石头的河流

滚滚的山洪退去
留下滚滚的石头
狼藉的石头，石头的河
在阳光里静默
静默里咆哮

汹涌的石头
滔天之日
他们挣脱绝壁的捆绑
跳出松林的阻挠
冲出坟茔的围困

砸向洪水的刹那
他们听见撕裂的轰鸣
撞击的轰鸣
阻挡的轰鸣
挤压的轰鸣

滔天过后
壮烈的石头，石头的河
在河床上曝晒

在曝晒里打盹

等着下一场山洪

走进花园的石头

它们全身赤裸着
古董的体态泛着年轻的光泽
甚至是娇嫩的
在绿色的花园里

它们用滚圆表达安逸
用厚重表露沉毅
用静止表示定力
用硕大表述谦逊

混沌的时间
为什么没在它们的额头刻下皱纹
难道它们只要让自己变得圆滑
就能够战胜冲刷

不尽的侵蚀
为什么使它们愈加坚硬
难道它们只要赤裸着战斗
就能够击碎洪流

当它们被吊车吊离河床

被重载车搬进城市

被洗掉尘垢

被安顿在绿草坪

它们是要光着身子舞蹈

还是要紧闭着嘴唇咆哮

石头一样修行

石头不怕做绊脚石
只要你搬开它就是了
不怕做顽石
只要你点头就是了

不怕点石成金
只要你有那法力
不怕金石为开
只要你有精诚

不怕玉石俱焚
只要你舍得那玉
不怕石破天惊
只要你收拢那碎石

不怕落井下石
只要你的井有底
不怕水落石出
只要你不是那水
不怕海枯石烂
只要你就是那海

不怕心如铁石

只要你把心放下

不怕投石问路

只要你是那问路的人

石头里安家

用石头建一座房子
用石头奠基
石头砌墙
墙壁上挂着石门和石窗
而石条跨在门槛上
石板覆在房顶上

石板的院坝里
画着小孩跳石板的田字格
和丢鸡毛毽的圆呢
石头的院墙边
呆坐着石凳和石桌呢

石头的灶膛里柴火正旺
石头的火塘里树蔸正红
石头的磨子
被主人推得团团转呢

猪们在石槽里拱食
石板的狗圈和鸡圈里
留有鸡狗的体温呢

闲逛的狗回来了
把一个圆形的石盆舔得溜白
马被蒙上眼睛和喜欢打喷嚏的嘴
拉着一扇庞大的石磨走圆圈呢

谁扬起了碓爪
奋力砸向碓窝，舂米呢
谁顺手抓起了凹形的石掷子
练上了抓举和两臂平衡呢
谁的钻子在石头上敲着
声音好清脆呢

石头的阶沿下
屋檐水滴在现窝里呢

水也能把石头点燃

轰隆的炮声里
漫天的石头呼啸坠地

很快，石头聚集在一个个窑里
以为走进了防空洞
周遭都密封得严严实实
石头静静地蜷伏着
相互安慰和鼓劲

石头听到有人说话
听到吱的一声
温暖就漫上来
石头正准备高兴
浓烟像梦一样吞噬了它们

在梦里，石头
在山崖上晒太阳
在岩洞里呵护蝙蝠
在地壳里泯灭黑暗
在水底下瞭望天光

在梦里，石头
岩浆一样燃烧
时间一样熄灭
翅膀一样飞翔
火球一样奔跑

低矮的天幕下
窑像古墓一样
抽着丝丝的青烟

傍晚
劳动者扒开古墓
跟他们想象中的一样
剩下的是石头的光芒
耀眼的白，使劳动者顿失颜色

劳动者朝那白色吐了口唾沫
嘘的一声
石头受惊一样
再次燃烧起来

石头里活着

在空阔的山洞里
祖先们打制着石刀、石斧
石锛、石碗、石盆
他们拥有发达的四肢
但要抗衡自然界和动物界
维护种族的生存和繁衍
他们攥起了石头

人类的第一粒火星
就从这石头里迸出
在祖先们打磨着的石头里迸出
从此，永夜于人类不再
寒冷于人类不再
石头里迸溅的星火
竟照彻文明的航程

浩瀚无边的石器时代
其光焰照耀至今

人类在石头里活着
用石头建房子、筑路

用石头粉碎粮食

修建坚固的城池和碉堡

固堤、筑坝

截断巫山云雨

雕刻成大佛

给未来以微笑

雕刻成巨兽

吓退邪魔，护佑平安

石头给了人类光明和硬度

没有石头

人类就是软体动物

只能靠腹部前进

但谁不会死去

不会被石头埋葬

看那一块块林立的石碑

是人类生死的见证

石头的话

石头的话没有声音
但比雷声还响

凡心灵不能释怀的
就刻在石头上
凡记忆不能铭刻的
就刻在石头上
凡不能言说的
就刻在石头上

不要随意对石头说话
一旦开口
就会被石头记住

石头一样思想

去凝神雅典娜的石柱吧
去观照沙漠里的金字塔吧
请在敦煌的每一个石窟前屏息
请在乐山大佛宽阔的微笑里屏息
他们是石头

像丢失的十二只兽首
像狮子
去镇守一座城门
做一个士兵
去守卫社稷的甬道
他们是石头

像维纳斯那样，何惜断臂的温柔
像掷铁饼者那样，举全力于一瞬
像思想者那样
于喧嚣中低下沉重的额
他们是石头

石头上行走

决不能忘记
是石头，给我们铺设了古道
铺设了光泽隽永的青石街

草鞋踏过，皮鞋踏过
牛脚踩过，马蹄踩过
流浪的狗跑过

有什么比石头更忠诚
什么路不是石头的路

我们对石头使用了种种手段
开凿、爆破、锤砸、碾压
他们被搅碎了，铺在车轮滚滚的铁道边
被夯实了，压进道路的最底层
被烧成水泥，浇铸成挺拔的桥梁
他们甚至代替古老的电线杆
以石头的形象
我们在石头上行走
或者飞奔
却没有给他们以哪怕是鄙夷的一瞥

谁曾听见过石头的心跳

当大地沉睡，列车飞驰

那有节奏的律动深远而又沉闷

云锦石

八百里清江
从大龙潭到大沙坝，三公里
仅仅三公里
是云锦石藏梦的家

经大龙潭电站过滤
清江水似乎有些瘦，缺乏激情
三公里河段，一直显得心事重重
沪蓉铁路的桥柱，龙骨一样戳在河心
也抑制不住滩涂里白石磊磊，土坑个个

在老水井村
清江漫过水坝的声音
迫使餐馆女主人把音量提高八度
告诉我们
这家挖云锦石培养了几个大学生
那家挖云锦石建造了大房子
现在都不挖了，挖完了，改行打工去了

在餐馆老板叔叔家
男人赤裸上身，女人光着臂膀

一桌人围坐着打麻将
而云锦石，如同红苕洋芋
随意堆放在墙角边、扫帚边
窗台上、床底下
这剩余的枯槁、残缺和幼小
蓬着头，垢着面
等着最后的买主

在一间低矮的阁楼里
灯光开启
云锦石像裸露的囚徒
从地上、墙角、壁龛和货架上
——醒来，那云锦
像一件件肮脏破烂的裂裟
披在那冰清玉洁的身子上

那云锦
如云，如花，如觉悟
如慧，如根，如寂灭
像脑髓一样缠绕周身
脑髓里有山有水
有火有金，有琴有剑，有酒有仙
有儒有道
国人想要的它都有

主人声明，只看不卖
他说这就是他的儿女，他的魂魄
每天，他都要听着它们的哭泣
或低吟，才能入眠
他的话令我们啧啧，唏嘘
好像喝了一碗烫人的稀饭

结　石

然后疼痛开始了
在腰部两侧，所谓肾上
石头在捣鬼
它让你不思美食不思醇酒
喝的水也让你吐出来
跟人类大多数疾病一样
它们都是潜伏的高手
你饕餮，你放纵
你自在，你得意
它们潜伏，匍匐不动
你一再把它们作案的时间
悄悄改变，你窃以为
不是那个该死的人
然后疼痛开始了，疼得
让你对过去的每一天
都——后悔

沧海过后

我见过沧海后的桑田

在一个叫天醇的洞府里

它一端吐纳着湖北的祥云

一端吮吸着重庆的灵气

以此养活藏命其间的桑树虫

四亿七千万年的身子

在洞顶上啃啮着岩石

仿佛啃着桑树叶

而洞的边沿

一头犀牛静静地伏着

做着桑树虫的铁甲卫士

沧海后的桑田

就这样刻画在天醇洞里

连采桑女和她约会的君子

也忘记了时间

把自己镶嵌在石头里

深吻

云溪洞记

默乡脚下，有洞若云

云里溪水

响声飞溅雾珠

或有山人，携妻儿来此

垒石为壁，筑墙为堡

空洞以为室

雉堞而窥外

实枪铳以御匪

屡世而平安

山人奇之

乃寻桃源词意以名之

遂曰云溪

洞者

无所不察也

第六辑

物我之应

我喜欢

一

我喜欢大地与天空比美
看谁更加干净透明
喜欢土地在青山之间流淌
河面上泛滥着春天和油菜花
每一朵花都举着太阳
喜欢山体宽阔的阴影
一边移动
一边分割着金黄的美
喜欢这金黄的美
在山脚下一排排低矮的小树上
渐次变得暗红
我甚至喜欢那棵站错了位置的树
它唐突地闯进这金黄的世界
使我们的视野有了高度

二

众人喜欢的我也喜欢

比如乘坐高速列车，从此地
到祖国遥远的任何地方
把自己箭一样射过去
比如在高速公路边
看车子穿梭，发出嗖嗖的声音
比如飞机掠过头顶时
庞大的躯体和巨大的轰鸣
我喜欢

比如楼群像丛林一样
从地底下冒出来
远远高出了我们的视线
比如车子像匆忙的蚁群
奔突于大街小巷
它们都有自己的心事和目的
不是无事转悠
我喜欢

春天，年轻的兄弟姊妹们
像蜜蜂一样飞出去
次年的春天他们飞回来
用采回的蜜垒巢，垒得像宫殿
如果我是他们，我也会这样做
我喜欢

三

我喜欢嗑着瓜子，喝着茶

坐在青石板铺就的院坝里

聊这家那家的事情

喜欢双臂叠抱于胸前

沿院坝边溜达

看风翻动山林里的阔叶

哗哗哗，一片片灰白色滚过

如涨水的沟渠

冲刷着宁静的傍晚

大部分松树也被摇动

针尖密密，声音嗖嗖

我喜欢这声音汇集成松涛

把几架山都掀翻

风停后，一只画眉落在电线上

一边听我们讲话

一边转动滴溜溜的脑袋

精心梳理扇形的翅膀

吱吱吱，视我们如无物

如它的邻居和玩伴

这些情景，跟童年一样

——来到我面前

我喜欢

四

一辆红色的运货三轮
开到我家院坝里
车子熄火了，但烈日不熄火
缠着他少量的头发燃烧
他的每句话都像烈日
如同他的生活
每天都是燃烧的火球
看着小山似的垃圾
他的笑
比头顶的太阳还要耀眼
他掏着这堆垃圾
一抓一把惊喜
一抓一把惊喜
一边掏
一边夸他的两个女儿
宁可给他买汽油
让他像小孩一样
开着车儿玩耍
也不准他捡垃圾收废品
他试了两天，腰生疼
像被棒棒敲打了一样
吃什么药都治不好

说话间，这些被扔掉的生活
已被他装了满满一车
突突突地拉走啦

天地棚

诗人袁鲲在梦花岭搭建了一个
天地棚，梦花岭的老房子被拆除后
他把母亲接到县城居住
走出梦花岭曾经是他的梦想
如今，回到梦花岭是他的新梦
棚子犹如一朵白色的喇叭花
盛开在一丘水田里
使人无论坐着卧着
都很接地气
母亲以为他在梦花岭建了新宅
问他新房子有门没有
他说有八个门呢
东南西北上下左右都能通风
白天可以看太阳
晚上可以数星星

一首曲子

夜晚很黑，路很黑
黑的夜晚，黑的路上
我看见爱情撇下大路
像老鼠一样
拐进了夜的分支

一首曲子，像涨水的河
顿时淹没了城里的灯火
无声无息，淹过我的膝盖
肚脐、胸膛和雾一样的树梢

从此，那曲子时间一样折磨着我
有时又像鞭子一样
扬起来
把空气抽得啪的一响

歌中岁月

岁月如歌
我在属于自己的歌声中走过
细语密织，羊在坡上吃草
我立于斗笠下歌唱
我的听众是玉米林
是屋脊上的轻烟
雨中的农夫
温顺的马儿和羊儿
我的歌声是期冀
朦胧而迷离
我的期冀像九月的阳光
温暖又明净
抚摩着如花的校园
一如我明快或忧郁的歌
我的歌啊，因为青春而明快
又因为青春而忧郁
我的歌在岁月里流淌
在命运里沉沦
在搏击里沉淀

雨打梧桐，歌声氤氲

那分明不是我的歌

却仿佛由我的心际溢出

蔡琴是谁

她的歌何以给我以滋润

无处不在

空气无处不在
风景无处不在
呼唤无处不在
倾听无处不在

天啊
你无处不在

刚　好

刚好把身子探进早晨
太阳的脸蛋刚好绯红
小城刚好掀开薄薄的雾纱
麻雀像一颗小米粒
刚好落在树叶里
谁刚好走来
刚好焐暖了冬日的风
谁呢，刚好在风里

千年一语

怎能远离这冬日的夜晚
那使孤独的心无端战栗的
正是她无言的明亮
像六角形的雪花在天空旋转
又像流浪的思想渴望着绽放

怎能避开这冬日的温暖
那使蜷缩的心灵歌唱的
正是她柳絮般的流畅
像沉默的雕塑耽于幻想
又像春天的旋律
打湿了苦雀的忧伤

动车 2271

动车 2271 驶出汉口时
不断加速，两边的商住楼
密密麻麻地扎在地里
形如恐龙的排骨
挣扎着，从地底下站起来
离不开地面，够不着天空
朝动车 2271 使劲盯着

动车 2271
从开阔的江汉平原中间
撕开一条缝
将黄灿灿的平原一分为二
使土地归土地，房屋归房屋
拦洪坝归啃草的牛
沟渠和河汊归乌黑的水
钻井归钻塔
田坎、树脚、寂灭，归坟墓

动车 2271 从宜昌东往山里钻
在庞大的山体下边，它削尖了脑袋
像穿山甲一样，刚钻出一个洞

又钻进另一个洞，仿佛
它的前路只有两样
光明和黑暗

某日，读马新朝的诗

某日，马新朝的诗
刺伤了我的眼睛
在周日，在沙发上
在下午。初夏的雨
初霁。河南诗人马新朝
坐在低处的光里
一只手夹着烟
一只手把语势往下压
到卷四时，他的语言突然凌厉
就像飞旋的车胎
与道路发生着激烈摩擦
我不能眼见车子失控
而不采取制动措施，在车子
即将与现实迎头相撞的瞬间
我踩下了刹车
刺啦一声，低处的光
翘起一页菲薄的纸
划伤了我的眼睛，使我
连续三天
只能用一只眼睛看世界
而另一只，闭着
通红

看啊，飞机

飞机从头顶掠过时
天空像一口大烧锅
看啊，飞机
孙孙的脑袋从背篓里伸出来
顺着奶奶的眼睛
骨碌碌地转

祖孙两代
目送飞机一点点变小
直到只剩下昏暗的云
坐飞机的人
却不知晓

飞 翔

想象过鲲鹏，展翅九万里
自由，辽阔，通透
庄子叫逍遥游

但绝非乘飞机，这铁鸟
装我们于肚子里
看舷窗外的变换
平原、草原、大海，翻滚或铺开
森林、丘陵、高原，隆起又塌陷

大地在阴雨里低回
阳光在万里云天鎏金

在铁鸟的肚子里
我们的心灵紧贴着大地

穿越地铁

随着本次地铁列车
我将穿越第四十个秋天

军事博物馆到了
广播里传来熟悉的女声
随后又来了一句英语
此刻我突然想起祖父
祖父在我这个年纪时成了鳏夫
且赶上大饥荒
眼睛有镜框那么大
而早在他十五岁时
他就没了祖祖和祖奶奶
残疾的祖父在十五岁时就长大了

然后到了公主坟
我想起了父亲
他在我这个年纪
校长职务被撤了
我常听见他和祖父在火塘屋里争论
祖父说：要讨米，我去！
父亲说：哪要您去？我去！

最后一次见父亲是在春天
父亲躺在一个黑色的世界里
他甚至没有向我道一声珍重

走到万寿路时我想起了三弟
1991 年他上完夜班
在小卖部买了二两酒
头一仰就喝了
然后推着自行车
走在回家的路上
秋天的颜色缓慢地褪去
突然冲来一辆自行车
三弟什么都没来得及想
人生就结束了
那年他二十三岁

然后到了五棵松
我想到了母亲
自从头发煞白之后
她就经常偏头疼
咳嗽伴着她走过四季
腰也突然弯得像张弓
她之所以还要拼命劳动
是因为如果再失去劳动
她就失去了一切

接着是玉泉路

我想起了远在小城的儿子

他出生十几天我就返校了

半年后回家，他居然紧紧地盯着我

在记忆里搜寻我是谁

如今他已是初中生

我们每次久别重逢

他都要叫一声爸爸

然后久久相拥

车到八宝山时一个朋友跟我说

老周我走了

我们互道了再见

然后到了八角游乐园

广播里传来瓮声瓮气的女声

本次列车不去苹果园

去苹果园的乘客请坐下次列车

地铁附近

电话另一端传来的声音
与地铁的声音没有区别
乱糟糟的一团
愈来愈近

那地底下的声音
带着被压抑的呻吟
和浮出地表的咆哮

乱糟糟的
愈来愈近

时　间

某种永远最紧俏的商品
通向大有的绝对卜辞
有人文质彬彬地排队购买
有人以高价优先抢得
有人见缝插针
而有人　只有长叹

传说中的神明或痛苦
拥有无边的法力
占有众生
未必被众生占有
而能够牵吻她裙裾的人
就能进入天堂

捉迷藏的小妖
明明在 15 秒的位置
转瞬间就被谁劫走了
而只有痛失的人知道
此 15 秒非彼 15 秒

古罗马的大角斗场
诞生和渴望英雄的地方

在楼梯间

在楼梯间，我总能碰见
两个矮个子，脸色黝黑
衣裤发毛，粗糙泛光
男人戴着遮阳帽
裤腿，一只卷着一只不卷
女人的眼睛有点匕斜
他们手里提着硬纸壳
背上背着硬纸壳
那神情，仿佛人间的喜悦
都被他们捡去了
他们是一家人
随儿女来城里居住
儿子是博士，儿媳是医生
都反对他们从事这样的劳动
而我从他们的笑纹里
微带腥味的汗珠里
从他们钳子一样的手指上
却分明看到了
那个叫作快乐的东西
他们的快乐
让我心生了无比的欢喜

小勇的心事

家住麻阳寨的小勇
是我的扶贫联系户
每次来到他家
我都要盯着门上的锁
一遍一遍地问，这会儿
他在哪块地里干活呢
或是在哪个工地做小工
记得跟他第一次见面
他站在房门口
我们谈起他的婚事
他四十岁的脸上
顿时飘过一片红云
他七十余岁的父母
则不住地咂嘴和叹气
是的，他还没有走出
那场打工爱情的阴影
自从回到家里
他就把嘴巴锁了起来
跟父母一起
用种地和喂猪
把时间填满

等待的过程中

我时常会看看他们的猪圈

七八头白白的大肥猪

摇晃着宽大结实的背脊

和略微骄傲的尾巴

唱着耳熟能详的歌曲

投我以大智若愚的眼神

在这欢乐的气氛里

小勇和他的父母回来了

他们一边跟我招呼

一边把擦得亮哗哗的锄头

挂在墙上

每个人的脸上都汗茸茸的

每颗汗珠都恨不得迸出笑声来

每当这时，我心里

说不出多么地欢喜

给我一杯蜂蜜水

刘伯住在活龙坪乡河坎上村

房子背后那座山

像一把大圈椅

门前的楠竹林

犹如一个警卫排

他和伯母都七十多岁

跟小儿子一起生活

小儿子夫妇去了县城

边打工边陪孩子读书

前年买了一台小车

一家子常回来看望刘伯

刘伯穿着老式中山装

头戴蓝色遮阳帽

老伴穿着蓝色便衣

圆圆的脸蛋白得像月亮

每次去

我都要站在院坝里喊很久

才从圈椅里传来他们的回声

颈项扭酸了，眼睛找麻了

终于在灌木丛中

苞谷林里，发现他们的身影

然后慢慢地向我挪近
脸上的笑容一直挂着
舍不得摘下
然后邀我到火塘屋坐
一杯甜蜜的蜂蜜水
总会一次不漏地
送到我面前
围坐在取暖炉边
我们总有说不完的话
刘伯的牙齿掉了几颗
说话和发笑难免要瘪嘴
我知道这瘪嘴不是冲我的
他是冲这幸福的时代
这时候，楼板上挂着的腊肉
会向刘伯的酒盅眨眼
酒盅不大，铝合金制
常年位于取暖炉上
刘伯触手可及的地方
酒菜里，那碟油炸的茶叶
是绝对不能少的
想到这里，我就觉得
隐隐地欢喜

两溪河记

兴隆村里

喜欢唱歌的两溪河

石头白，河水清

透明的小鱼穿梭如箭

山都戳到云霄里去了

它们有个仙女般的名字

七姊妹山，山顶上

八十多岁的黄大爷

舍不得荒了他的田土

独自一人住在那里

新修的水泥路，葛藤一样

从山脚缠绕至山顶

途中，一头黄牯牛

肚子饱胀得快要爆炸了

它为难地站在路中间

不知道该如何避让

我们的铁甲虫

一台威武的汽车

无缘无故停在路中间

村干部喊了几声什么娃子

吊脚楼里

一个小伙应声而出
终于来到一块缓坡地
杉树林边，石屋一间
狗儿摇尾，瓜菜悠闲
田垄井然，阳光满山
刘大爷戴着翻卷的绒帽
从小屋背后绕出来
招呼我们在阳光里坐
喝茶，聊叙
而那微驼的背
微红的眼，带沙的声音
我多么熟悉
刘大爷说
他守在这里种点菜
免得儿女们花钱买
刘大爷说
他最不满意的一件事
邻村人在他山上做水池
事先不打招呼
虽然给了满意的补偿
早打招呼
难道他会不同意吗
说这些事的时候
烟袋一直搁在嘴边
脑袋一直歪向左边
仿佛百思不得其解

圈儿岩

他们还要在这生死梯上挣扎下去吗
背着肥料、粮食和生活的一部分
背着柴火、煤炭和沉重的呻吟
背着生命和水
以原始的背篓和弯架子
倚靠那一头搭岩、一头搭地
悬空壁立的人行天梯

冷风扫过，卷起满山雪
看着瑟缩的天梯和沉默的行人
他心里一阵阵地痛
他问自己
这么多年，你在哪里？

隆隆的炮声响过
半壁上劈开了一条大道
夕阳辉映着，一代一代的传说
只留下天梯蜷缩在峭岩下
像历史词条中一个小小的注释

命根子

——致梦花岭

我们赖土地生存
也赖土地埋葬
所以，土地
是我们的命根子

女儿江山

女儿愿

如果时间是一块蒙皮
红土老街是菱形的
或圆形的琴筒
那些残存的巨型木柱子
是琴杆，我和她是两根琴弦
我是外弦，她是内弦
傍晚的风是弓
谁来把我们奏响
将奉献给你一首什么样的曲子

如果这样，我和她
愿以你心为琴码
你心汹涌，或者静深
我们便澎湃，或者潋滟
我们在一把琴上共振
在一把琴上思念

此时，有无法确定年代的芒鞋

在青石板上踏出了节奏

一会儿长啸，一会儿徐行

或许，他们就是传说中的高媒？

女儿府

如今明白，所谓双天坑

其实就是女儿的洞府

她们在双天坑里储藏的信物

都是上古时期的西兰卡普

她们把心意储存在心尖尖上

每天溢出一滴

泪一样晶莹，冬一样冰凉

如果不与心爱的人相见

她们就一直滴下去

滴成西兰卡普

滴成爱情的奇观

让每一个错过她们的君子

都把肠子悔青

女儿江

我要说，清江是一条女性的河

是女儿江。从她的身影

分明看见了盐水女神

柔情似水，爱江山更爱廪君

她在清江里饮恨

而我们在清江里饮水

从她的身影

分明看见了放排人身后

望夫石一般抚泪将雏的妇人

她们恨不得把江望穿啊

她们守望，放排人生还

我要说，清江是一条女性的河

是女儿江，母亲河！

第七辑

天人之问

大屋场

那时，大屋场

像一条粗大的长虫

在大坡脚下

匍匐，蜿蜒，左右两端

时不时伸出一只或半只爪子

以扩充势力范围

像一座澎湃的梦之村

彼时出工叫上坡，上坡即出工

队长站在大屋场对面坡上

呜呜呜，吹三声筒

人就从大屋场散出来

或扛锄，或提镐，或挑筐

或拿镰刀，或挑撮箕，或挑粪桶

共聚一块田，挥汗和闹笑

像一个自成一统的城堡

跟鄂西所有的老屋场一样

大屋场趴在山脚下，趴在低处

那山既是靠山吃山的山

也是遭遇土匪时疏散的山、反击的山

他们相信，只要低低地趴着

就不会被窥探被惦记被攻击

然而恍若一夜之间，大屋场
只剩下了一户人家
只剩下舅舅和他最小的儿子留守
其余的人家
彻底摒弃了靠山风水学
彻底挣脱大屋场的羁绊
毅然决然搬了出来，在高处
在大屋场的左边、右边，公路两边
对面坡上，雄赳赳气昂昂
矗立着大屋场被肢解的肢体
瓷砖和玻璃的光芒
使大屋场更加黯然失色

呜呜呜，不远处
传来 D 字头和 G 字头列车的鸣笛
大屋场身子隐隐动了一下
它仿佛听见，队长在吹筒

老屋场

坍塌和拆卸的老屋场
十代人修建和居住的老屋场
背后长着茂密的竹林树林
和三个不详之垭的老屋场
祖先精心选定的老屋场
撮箕口的老屋场
一间正屋两间厢房的老屋场
发黑的木头支撑的
倾斜经年的老屋场
没有了笑声、哭声
鼓乐声、叹息声
断壁残垣的老屋场

突然萎缩了的老屋场
只剩下放盐罐和酱油的小石窗
只剩下火塘口和苕窖口
只剩下通往竹园的石门框
只剩下水缸和茅坑
只剩下基脚和四向
只剩下青石板院坝的老屋场

老屋场周围
埋着老屋场的人
他们从不说话
他们通过坟堆注视
老屋场周围
住着老屋场的人
钢筋水泥，瓷砖放光

老屋场的山林落满了雀鸟
老屋场的田地
有老屋场的人四季耕耘

安乐井也有春天

安乐井
是全世界最不知名的地方
水都在地下几十米的地方流淌
地面上长着大大小小的山包
天坑和岩洞
还有挂坡田
与安乐井的脸色一样

安乐井，是一口水井的名字
有天坑一样深
它用半小时一担的流量
装满了排队的水桶
感谢安乐井

感谢 1979 年的秋天
虽然姐姐持不同意见
由于某种势力的排挤
她没被推荐上公社高中
那场令人心碎的考试
成了姐姐永远的痛
但没有 1979，就没有 1980

我感谢它
感谢 1980 年有露水的早晨
是它把今天捧给了我

2005 年正月初一
太阳照得安乐井睁不开眼睛
安乐井的坡上坎下
神奇地排列着新修的楼房
玻璃墙、琉璃瓦、瓷砖
感谢你啊，正月初一
愿你明媚永驻

真是什么奇迹都可能发生
2006 年
来了一个火车站
在安乐井
感谢安乐井二组、八组和十组
感谢你贡献出山包、天坑和岩洞
贡献出老屋、新屋和中产田
感谢你土生土长在宜万铁路线上

安乐井，是一口水井的名字
有天坑一样深
它真实的意思是
淹落井

挂　青

春日的太阳像白纸一样
在墓园里飘浮，摇晃
一个女子在挂青
她插一枝清明吊在坟头
风吹动清明吊
也吹动她的发丝
她找来一个白瓷盆
给碑前两棵青树加水
她蹲下身子
点燃一沓火纸
她鼓着腮帮给火纸吹气
火光一闪一闪的，溅在她脸上
烟时轻时重，熏得她
不停地用手擦眼睛
她跪下来磕头
一个，两个，三个
她站起身来，抬头看了看天
墓园静悄悄的
每个坟头都飘着长长的白纸
一蓬梦花根
开在墓园临路的堡坎上
说不出是淡黄还是金黄

结　束

开始时你像动物世界里的强者

用手、用脚、用头

用大脑里某个意识

接招或出击

你饿着肚子，带着粮食回家

也决不允许谁冒犯你的领地

开始时你用真心换真心

用善良换善良

它们都不贵，你付得起

开始时你盼着崽子们一个个长大

你不依靠他们

只希望他们长大

长大，再长大

开始时你在时间的路上走

看见时代狂奔

你一边走一边回忆

一边笑一边疑惑

一边衰老

开始时你为了活一口气

结束时你没有气了

每　回

临走，母亲
总是吃惊地抬起头
瞪大眼睛说
着什么急啊，这么早
要不，歇一夜
明天再走？

临走，母亲佝偻的身子
总是忽然弹起来
忙乱失措地说，嗐
带点洋芋？带点红薯？
带点萝卜咸菜？
或者不由分说
奔到菜地里，扯几苑白菜
几把韭菜，交给我

临走，母亲总是佝着腰
从院坝走进堂屋
从这间屋走到那间屋
急急忙忙地
好像忘了什么东西

要找

临走，母亲总是站在车窗外
把眼神伸进来
仿佛要把车子拉住
问了一遍
又问一遍
几时回来

每回，走出去很远
总觉得
母亲还没有回屋
单薄干枯的身子
还在屋角边站着
望着

土　地

天空很湛蓝很和蔼

远处的水库如一方浩大的明镜

她躺在春天的深处

躺在自己的责任田里

她所挚爱的土地

如今成了她真正的命根子

春光温暖着每个人

晚辈们用打火机

点燃了她的一周年

之后碎片匝地，青烟盘桓

亲人们的思念与她的宁静

杂乱无章地纠结在一起

没有你的右边如此空寂

醒来兄弟

告诉我你只是累了

你的脑子并没有溢血

扭一扭颈项，扭响颈椎

憨厚的嘴唇笑着，说

嘿嘿，哪里溢血啊

只是有点累

醒来兄弟

像老虎一样醒来

悄悄睁开一只眼睛

戳穿这伪装的墙壁

吼一声，撕破那白色的空气

像每一个早晨一样

匆匆走进巍峨的屋宇

屋宇中央

庄严的警徽俯视着你

醒来兄弟

警笛呜呜地响，警灯唰唰地跳

就等你了

队伍向右看齐
没有你的右边是如此空寂

醒来兄弟
悬崖边，你曾风一样出手
现在，快拔出武器
将脑溢血击毙
冰窟里，你曾纵身跃下
救起沉没的生命
现在，快游进血色的深渊
救救你自己

醒来兄弟
我们一起去追逃
你曾一年抓住十个刑案逃犯
现在，我们要把你抓回来
从死神的手里

醒来兄弟
开上那辆灰色的长安车
我们依旧搭伴
用忙碌的镜头和象形的文字
捕捉战友们劳累的侧影
依旧一年写五百篇新闻
每一篇都写满正义

醒来兄弟

那微微的氧气

怎配得上你战士的胸肌

和你猛士的臂膀

那薄薄的床被

怎压得住你硬汉的躯体

醒来兄弟

你微弱的脉搏

是否在酝酿着狂飙的风雷

你的胸膛是否要炸裂了

要把赤诚喷涌给我们看

你是否把心咬在了嘴里

要嚼碎了给我们看

醒来兄弟

队伍正在向右看齐

没有你的右边是如此空寂

祭陈航

2003 年 6 月 11 日深夜
落寞诗人陈航喝足了酒
想把功名利禄几个字稀释掉
再提炼几行有韵律的句子

他脑子里装着《雪在烧》的样稿
坐在落满尘埃的沙发上
把汗臭的衣服与快乐和忧郁一起
脱掉，赤条条地
他坐在生命的沙滩上
时间就像括号一样
在他身边拐了一个巨大的弯
电扇没有打开
他感觉到了风的温度
掠过遥远而寒冷的理念
掠过绵延焚烧的意境
雪在烧，他想
然后把头轻轻一歪
侧身走进了冥冥之中

悼挚友怀高

你的讯息
让 5 月 17 日的早晨
紧张得突突地抖
阴云、细雨和天光交织的时空
窒息得叫人心悸啊

这阴郁的时空里
遂处处飘满了你的身影

你的笑容，生活一样堆积
你的言语，激流一样飞溅
你的步履，目标一样自信
你的思考，不屑一样斜睨

包括那风中飞舞的
永远别着金夹的领带
高高隆起，又向后来个大回转的
孤傲的发型，亮得让路途
黯然失色的皮鞋，渐渐厚重
却暗藏着一个生死劫的肚子
包括忽然想起的惦记

你怀里紧紧揣着的东西
人们都叫它梦想
人生的炫丽和残酷都在里面
你最明白了，但你不会丢弃
对此我深信不疑

英雄的母亲

见到我们，英雄的母亲笑了
眼神里分明藏着失却
她看我们的时候
好像在回忆、在搜索、在寻找

她想从我们身上找到儿子的影子
因为我们是她儿子的战友
穿着同样的衣服
戴着同样的帽子
做着同样的事情
我们身上必定有她儿子的影子

看到母亲，我想起了她的儿子
我们的英雄
想起了英雄最后的姿势
尖刀刺破了他的胸膛
他倒下了，双臂却更加坚硬
战友们闻讯赶到时
罪犯还在他的铁臂里徒然挣扎

我们回想着英雄时

母亲看着我们
好像在回忆、在搜索、在寻找
因为我们是她儿子的战友
我们的眉宇间必定有她儿子的神采

许久，母亲拿了片纸巾
默默地擦着眼角
好像要擦去那回忆、那搜索、那寻找
并从那悲痛里抬起头来
给我们剥开红红的橘子

临别，母亲一直送到大路口
挥着手说，常回来啊
回字说出了半截，迅疾吞进去了
且卡在喉头
许久，咽不下去

英雄祭

我知道，这首小诗
不能阻止你独自一人冲上去
用满腔气流大吼：我是警察！
不能像一颗子弹，瞬间
击碎砸向你头颅的砖块
像一只铁臂，横空劈下来
劈断刺向你的利刃

你们已经擒住了三个毒犯
你忽然发现，楼下有个漏掉的黑影
你冲下去，摁住了他
而另一个黑影
从黑暗中向你扑来
一块砖头砸晕了你
你同时冲向两个黑影
一个黑影拔出刀
你的臂膀被削掉了一块肉

你退却了几步
黑影也慢慢向后移动
正欲逃离

你第三次冲上去

利刃刺穿了你的胸膛
你的血喷出来
使暗夜陷入了深渊
陷入了更深的黑

他想说什么

他躺在病床上，凹陷的腮颊
像等待栽种的树窝
他转动失却方向的眼珠
长期没有咀嚼的上颚使劲张开

恍惚间，他看见一个小伙子
迎着朝阳的窗户醒来
窗外的树叶闪着露珠
小伙吹着口哨
牙刷撞击牙齿的声音、撞击瓷缸的声音
也像歌唱一样明亮
小伙跨出门去
制服上的红领章，大檐帽上的国徽
增添了他的俊气和英武
小伙回头发现了他
嘴里喊着什么
好像是：啊……啊……您好走

他看见小伙站在雨地里
指挥着拥挤的交通
不经意间，被一辆违章的车主打了一拳

拳头砸在脸上，溅起了水珠抑或泪珠
一个老人还是小娃走错了道
被喇叭声催得惊慌失措
小伙小心地搀扶着、带他走出重围
透过雨帘，小伙发现了他，嘴里喊着什么
但隔着车声和雨声，他什么也没听见
仿佛是：啊……啊……您好走

他看见小伙与一家人吃着年夜饭
接了个电话，高兴的脸色突然沉下来
只说了句"唉!"就冲出门去
消失在焰火和夜色中
很远了，还回头对他歉意地一笑
嘴里喊着什么
好像是：啊……啊……您好走

他看见小伙回来时
黝黑的脸上挂着红色和疲乏的眼窝
凌乱的头发像坡上的茅草花
绽放着衰老的美
他问茅草花，究竟发生了什么
茅草花只是在秋风里摇曳
那窸窸窣窣的声音，仿佛是说
啊……啊……您好走

他躺在病床上，凹陷的腮颊
像等待栽种的树窝
突然，他转动失却方向的眼珠
长期没有咀嚼的上颚使劲张开
像是要说什么

恍惚间，他看见妻子捧着制服
轻轻放在了他的胸前
制服里夹着一张鲜红的纸
可能是一张奖励证书
这时，他转动失却方向的眼珠
长期没有咀嚼的上颚使劲张开
好像要说点什么

迷魂者

腊月。清晨。薄薄的烟雾

像各家的炊烟，或爆竹炸裂的余烟

慢腾腾地，飘移在安乐井村

给人以快过年的样子

她已经找过很多人，问过很多人

见到我老公没？亲戚

酒友，牌友，债主

都是惊讶，摇头，疑惑

包括那辆二手车，也呆呆地趴在院坝里

默不作声，仿佛什么也不知道

老家远在几千里之外

他没带钱，没带衣服，没带行李

没带身份证。天坑里没有

水库里没有。树上没有

铁轨上没有。公路坎下没有

警察来了，探头里也没有

按照她的描述，某人

某天某地，某时辰

确实见过某穿扮的人

只见他在路上走着，慢悠悠的，轻飘飘的

无头无脑的，无始无终的

这样的人，这样的神情

人见得多，不会在意又多一个

因而线索在此中断

经老道人指点，她找来巫师

巫师站在线索中断地，闭着眼睛寻踪

费了九牛二虎之力，睁开眼说

这人还在，现正在某个坡里

坐在一蓬茨藤上。她小心地问道

他怎么了？巫师实话告诉她

他迷魂了

风　动

逝者躺在棺木里

他的魂灵在飘

在场坝边上

在屋角

在竹竿上

在白色的灵幡上飘

很轻盈

但屋后的大山很重

这座靠山

可以遮住半边天

压他一辈子

镇他一辈子

其中一挂悬崖

白晃晃的，悬在屋顶

一直想垮下来

把他的房子砸扁

直到他死

都没有砸下

无迹可循

这是清明的前一天
当我从湿润的三个小时里
走出来，鞋上裹满了泥巴
泥巴里裹满了杂草和树叶
仿佛还裹满了亲人们的气息
使我走起路来
像十个仲春一样蹒跚
我用岩缝里渗出的水
一边细细地清洗，一边看到
清水瞬间化成了泥水
泥水又瞬间化成了清水
其间的过程无迹可循